AQUI, ALI, ALÉM

ÉRICO NOGUEIRA

FILOCALIA

SÉRIE ÉRICO NOGUEIRA - POESIA

Aqui, Ali, Além

Editor | Edson Manoel de Oliveira Filho

Produção editorial | Editora Filocalia

Projeto gráfico e capa | Chagrin

Diagramação | Maurício Nisi / Nine Design

Revisão | Valquíria Della Pozza

Dados Internacionais de Catalogação na Publicação (CIP) de acordo com ISBD

N778a

Nogueira, Érico
Aqui, ali, além / Érico Nogueira - São Paulo : Editora Filocalia, 2021.
144 p. ; 12,5cm x 19cm. – (Coleção Érico Nogueira)
ISBN: 978-65-88143-18-6
1. Literatura brasileira. 2. Poesia. I. Título. II. Série.

CDD 869.1
2021-3327 CDU 821.134.3(81)-1

Elaborado por Vagner Rodolfo da Silva - CRB-8/9410
Índice para catálogo sistemático:
1. Literatura brasileira : Poesia 869.1
2. Literatura brasileira : Poesia 821.134.3(81)-1

Editora Filocalia Ltda.
Rua França Pinto, 509 • São Paulo • SP • 04016-002
Telefone: (5511) 5572 5363
atendimento@filocalia.com.br • www.editorafilocalia.com.br

Este livro foi impresso pela Gráfica Paym em dezembro de 2021. Os tipos são da família Caonopee, Magneta e Verlag. O papel do miolo é o Pólen Soft 80 g., e o da capa, Cartão Suplex Impona 250 g.

Érico Nogueira

Aqui, Ali, Além

FI
LO
CA
LIA

SUMÁRIO

PREFÁCIO **ÉRICO, O LÍRICO**

Quem acompanha a escrita de Érico Nogueira desde *O Livro de Scardanelli* sabe que o lirismo, como paisagem de alma ou poesia da recordação, é nesse autor algo episódico, apesar da maestria do "Cancioneiro Inglês ou de Sandra Gama", daquele livro de estreia. Passando por *Dois* e *Poesia Bovina,* está sem dúvida neste novo título, *Aqui, Ali, Além,* o momento em que o lirismo sobrevém com mais força, de par com a prática mais frequente do verso livre.

A matéria de fundo e a dimensão formal não poderiam ser mais desafiadoras para um poeta consciente do seu ofício. Lirismo e verso livre se tornaram duas pragas do tempo presente, o primeiro reduzido ao flagrante da percepção (confundido facilmente com "epifania"), o segundo a servir de moldura fragmentária para essa mesma percepção. É possível, a partir do diagnóstico, aventar a hipótese de que o descaminho do lirismo, sua redução a bagatelas de sensibilidade, é também o descaminho do verso livre, com perda de recursos formais e até do mais elementar sentido rítmico. Por essa decadência, verdadeira alienação da poesia transformada em vale-tudo, não há uma escola ou movimento "culpado", mas é possível situar momentos cruciais em que as coisas podem ter se perdido.

O verso livre, como situa Edmundo Wilson em *O Castelo de Axel,* sempre foi algo muito mais natural em língua inglesa, na qual a versificação silábica não fez morada fácil. Contudo, foi em língua francesa que se deu a grande reflexão sobre a "novidade" do verso livre, o que se explica tanto por um caráter próprio dessa cultura quanto pela necessidade, tributária do mesmo caráter, de romper com a rigidez da métrica silábica do classicismo. As pequenas variações rítmicas de Victor Hugo no alexandrino francês, levadas bem mais longe por Verlaine, fariam nascer o poema heterométrico de Émile Verhaeren e o verso propriamente livre, de nascimento disputado por Gustave Kahn e outros. Não se pode dizer com precisão se os exemplares salmodiados, praticados por Walt Whitman, foram pontos de partida para as inovações francesas, em um tempo de intercâmbios lentos, mas é certo que simbolistas franceses tiveram contato com a poesia de Whitman no mesmo momento de avanço de suas pesquisas formais.

O que importa observar é que essa sincronia ocorreu no seio da poesia lírica, seja em Whitman, seja nos simbolistas franceses: Verlaine, o nome fundamental da virada (ainda que ele próprio resistente ao verso livre), é um poeta essencialmente lírico. Isso faz pensar que a explosão de subjetividade vinda do Romantismo atingira seu ápice com repercussão indelével na forma, e consequências inesperadas. No simbolismo francês, a busca foi de pesquisa da musicalidade, mas, como ocorrera com a alquimia, as descobertas seriam absurdamente imprevistas, atingindo antes a dimensão visual do poema, como nos espaçamentos e nos "caligramas" de Apollinaire.

É por esse rumo que se entendem as vanguardas visuais do século XX, muitas delas refratárias à melopeia em poesia, como filhas e netas desnaturadas. Em algum momento a pesquisa da linguagem tornou-se o próprio objeto poético, levando a um esvaziamento metaliterário que, no passo seguinte, deixou mais largo o campo para o vale-tudo: aquilo mesmo que Érico Nogueira, no seu livro ensaístico *Quase Poética*, chama de "episteme democrática": tudo é poesia, todos são poetas, bastando a mera declaração de vontade (ajustada, podemos acrescentar, a convenientes tramas de sustentação no mundo acadêmico).

Em tal cenário, este novo livro chega como um presente ao nosso tempo, mas presente de grego, cavalo de Troia que o grego Érico Nogueira oferta à cidade murada. Seu lirismo é hiperconsciente: a maioria dos poemas assimila o discurso do *mainstream* de forma irônica, mas também autoindagativa, com vários momentos em que a ironia resvala para o próprio sujeito lírico. São postas em questão tanto as expectativas de leitura de seu tempo quanto as prevenções do próprio autor. Em "Sete Salmos Debaixo do Chão", por exemplo, o poeta traça um painel das atitudes fúteis do mundo literário, mas, ainda assim, sua pulsão artística o obriga a permanecer: não "quis vazar dessa merda toda". Reproduz o discurso de escárnio da nossa época à dimensão sagrada, e busca um retiro bucólico: ele, o poeta, escava "na vasta serra". Começam então a se conjugar dois espaços fundamentais do livro, o da região montanhosa afastada da grande cidade, e ela própria – São Paulo. O Salmo 4 da série parece ironizar as *performances* de nossos eventos literários, quando diz:

Gostava de ver como ficava a crista
se a peste adornasse esse carão simplório
que você tem e se, esgoelado,
nunca ninguém te escutasse; e então?

Os poemas em prosa que começam com "Quarentão Casado Procura" parecem ecoar a pergunta, mas voltada para o si-mesmo do autor: correspondem a um balanço de sua condição *undreground* – fez todo o possível em português, e nada! O ritmo acelerado, as elipses, a escrita "automática" desse texto – mesmo tais recursos já explodiram, tudo é tão velho quanto sonetilhos – e o poeta ironiza: "o canal é o pacto" – e se contradiz – "não sei o que quero sei sim o que quero o que todo mundo quer sempre sempre". É metapoesia onde se nota repugnância e aderência ao *mainstream*. Mais repugnância do que aderência, como prova a seção seguinte do mesmo poema, quando conhecemos o destinatário maior desses petardos, algo como um "leitor hipotético" (e sempre hipócrita, diria Baudelaire) de poesia: "inconfesso defesso possesso que flana na paulista que flutua na madá asseado racionalzinho livre libérrimo de jugos e superstições que nunca olhou os postes". Esse "leitor" de poesia hipotético é alguém para quem o que "não der naquele jornalzinho (...) não existe".

Na sequência, existe algo como um traçado do perfil de expectativas de leitura pós-estruturalista: morte do autor, falácia do biografismo etc. Em contracorrente a isso tudo, está o poeta Érico Nogueira, que em outros poemas deste livro evocará os filhos, a fé cristã e a vida familiar de pai.

No particular da fé está muito do que, penso, pode ser a chave dessa virada lírica. O sujeito poético partilha com o leitor uma persecução das essências do homem, algo como um si-mesmo profundo que, para Érico Nogueira, corresponde a uma ligação com Deus. Este si-mesmo não é o *Self* da psicologia, nem o personalístico *Eu* do Romantismo, mas o antigo inefável que os simbolistas europeus perseguiam, enquanto estudavam a melopeia e "descobriam" o verso livre. É onde o homem se encontra mais fundo, e por isso não se sabe dizer – por isso, também, explora novas formas –, encontrando a si numa saída de si, numa ponte íntima para Deus.

Essa ponte, anunciada desde as epígrafes e no poema de pórtico ("*In Limine*", uma profissão de fé), não se completa sem hesitações, desistências e retomadas, especulações sobre sua própria viabilidade – é dizer, os limites da linguagem poética. Veja-se sempre, entre muitos exemplos, a referida série "Sete Salmos Debaixo do Chão". No Salmo 5, volta-se o poeta para Deus, criticando o "diamante fácil" que (ele, poeta) lapida, e pede "me adestra o galope". Então nos brinda com o Salmo 6, belo poema sobre a linguagem poética, naturalmente mais elaborada, e a direção buscada pelo autor – dizer a simplicidade. Existe, portanto, uma ordem de questões acionadas *para fora,* para o espírito de época refratário à metafísica e domador da lírica (tanto no estilo quanto no conteúdo), e outra *para dentro,* isto é, para a possibilidade mesma de construção de uma lírica metafísica.

Estas duas ordens de cogitação são metonimicamente representadas por dois *loci* antigos da poesia: a grande cidade e o campo; no caso, São Paulo e o retiro de final de semana no interior paulista, para onde vai o poeta com a família (veja-se o poema "Feriado Prolongado"). A ambivalência *locus amoenus* x *urbe* é lentamente repensada, numa amálgama de conteúdo e linguagem que franqueia várias ressonâncias. Horácio, é claro, será lembrado adiante, e uma construção como "ínfera saia alheia" deve muito à faceta tradutória de Érico Nogueira, que nos brinda com a primeira Sátira de Juvenal neste livro; sua concepção de tradução não despoja o texto latino dos efeitos de contraste entre o baixo e o elevado, é uma tradução do tipo recriação, mas ao mesmo tempo de fidelidade rigorosa onde espoucam aproximações invulgares.

Se o ponto de partida do confronto entre a cidade e o campo é o da convenção, a linguagem nunca é convencional. Isso instila uma tensão da dissonância que vai em sentido crescente no livro, até que os espaços simbólicos se perturbam, um se imiscui no outro: será o momento em que a ida ao retiro rural apenas limpará os olhos do poeta para perceber a essência humana dispersa na grande cidade, e sua possível conexão com Deus pelo lirismo. No poema "Virado à Paulista", escrito na mesma clave ácida, Érico retoma a expressão que já usara em *Poesia Bovina,* contra o lirismo fácil – "poesiazinha do eu". E, quando abre uma ressalva – "um fundo (...) / uma filigrana (...) / onde a gente é a gente e é" –, a grande cidade lhe atrapalha a percepção: "com tanto apito, pisca-pisca". Entretanto, reconhece que é ali – e isso importa especificamente, porque o afasta de uma idealização bucólica –, é ali, na grande cidade, que o "disperso se unifica".

De Juvenal o poeta Érico Nogueira tem tanto o gosto pelo riso, a "recusa" do apólogo da *urbe,* quanto a aversão pela poesia fácil do mesmo apólogo. Porque, passados os tempos, sabe que, no novo convencionalismo, o elogio da cidade se disfarça em ruptura. Assim, parecem ressoar como seus (o do crítico de *Quase Poética*) os versos do romano: "É clemência estultíssima, se em toda a parte / topas com poetas, poupar um papel destinado a morrer".

Nem a facilidade do retorno saudosista nem a da inserção no espírito de época. O poeta deste livro busca uma linha perpendicular a essas paralelas. Em "Feriado Prolongado", quando podemos mais detidamente acompanhar o trajeto para um retiro rural, o que isso impacta na sensibilidade do autor, e seu retorno à grande cidade, lemos: "Então eu quis ver como ficava / se eu largasse tudo / ou quase tudo (...) / e declarasse só (...) / o que tivesse a declarar". Porém esbarra no limite do humano – "isto é de cães, não é de gente", e inverte a lógica da imagem: "eu lato, eu rosno, / eu não me faço compreender" – impossibilidade da linguagem humana de dizer as coisas em si, ou da poesia, de se fazer entender às gentes? Então, volta à luz em III, "luz hipócrita e safada", belo poema em quadras que parece ajustar a uma forma a disjunção lírica até aqui vivida.

Só então se permite o lirismo desabrido, e no seio deste poema vemos uma seção metrificada, marcada em itálico, sobre o objeto que acalenta e atormenta todos os líricos, a lua. Não consegue, porém, deslindar a unidade misteriosa que se concentra no corpo celeste: "pra fundura, pensei eu, é rasa a minha arte". A lua o deixa mudo, e ocorre uma redenção da cidade como *locus* de poesia, essa "historiazinha mal contada".

Na seção IV do mesmo poema, chegamos ao encontro (reencontro) do poeta com São Paulo. "Agora é hora de São Paulo", quando descreve o percurso do sujeito empírico ao voltar para casa – algo bem raro em Érico. O uso da primeira pessoa coincide com sensações corpóreas. As imagens se pejam de antilira: a hora de São Paulo é "inadiável como a urina". De volta ao lar, é a cidade particular, restrita, que o acolhe, não a São Paulo "abstrata e inabarcável"; e então reencontra o lirismo. Beneficiado pela distância, o olhar sobre a grande cidade se reabre liricamente pelo reencontro familiar, deixando em suspenso um novo ciclo de "esperar feriado".

"Com Isto Digo Aquilo", um dos momentos de bom e ágil verso livre entrecortado, na tradição dos espaçamentos que valorizam entrechos, faz-nos lembrar de Apollinaire e, para uma remissão brasileira recente, Ferreira Gullar. A grande cidade como sítio possível da lira absorve o discurso antilírico: "mas em São Paulo, nota bem, / que é asfalto e pus". É bem ali, não no campo, que o poeta "falsíssimo na gala, máscara de Veneza, mau pierrô" aprofunda sua aceitação da *urbe* aparentemente apoética, "o que tá feito tá feito", até porque "o que se vê não é o que se vê". Está, portanto, aberto ante o real e a possibilidade de transfiguração lírica.

Por essa transfiguração, o poeta pode dizer *aquilo* com *isto.* Então a grande cidade pode ser, sim, o espaço do lirismo. Em momentos (seção II) de rima eventual toante – "inadimplência / densa", reconhece que "Há muita música aí". A possível dissonância da toante como que mimetiza a agudeza da percepção, sua atenção ao ruído. Érico busca intensamente seu núcleo de poesia, rejeitando "ação forçada, artificial, vulgar", e indo em demanda do que "rebenta, aparece, calha, está". Nosso poeta é tão autocrítico, porém, que mesmo nesse extremo se indaga se não seria "meio que idealizar a poesia (...) / – mas se não for assim então o quê?".

Nesse panorama, o insuspeito aflora em São Paulo: casas com varanda e laranjeiras no quintal. A multiplicidade de grupos, culturas, soluções urbanísticas de São Paulo não cabe na polarização campo/cidade. Assim, a capital paulista é metáfora da própria poesia – não a cidade de concreto (dos poetas concretos), ou do progresso (dos primeiros modernistas), mas aquela que é o que não pode ser – "e o curioso é que é".

Em III dá-se o momento epifânico do livro, quando o poeta se depara com a beleza na pessoa de uma mulher gorda. É uma nova "passante" que concentra os sentidos dispersos na obra: beleza na essência, conexão com Deus, grande cidade como *locus* lírico sem oposição bucólica: e, de maneira renovada, o incontornável amor – "o mesmo amor que te consome".

A mulher, a lua, assim como a flor, signos recorrentes da lírica convencional, todos se transfiguram após submetidos àquilo que, em Teoria da Recepção, podemos chamar de "horizontes de expectativas" do nosso tempo, e aqui são repassados pelo filtro do lírico Érico Nogueira. O conjunto é revisitado recorrentemente neste livro. A lua ainda aparece, por exemplo, em "Fantasia Folclórica ao Vento Bom, Ruim" – poema que parece tratar da inspiração: o poeta sabe que não sabe decompor as essências, mas o perfume "se imiscui / esgueira"; há então o retorno do símbolo lírico *lua*: "Sempre ela, crua". O lirismo se intercala a parlendas (o que reforça certo diálogo com o primeiro Modernismo). Quanto à *flor*, ressurge em um poema como "Pais e Filhos", quando vemos o lírico propriamente, em sua busca do simples, da poesia familiar, mas sempre conectada à persecução da essência humana em sintonia com Deus. O impasse de dizer a poesia tão puramente como é pura a criação divina se coloca, em belas formulações autoirônicas (como "a sombra asnal que me deixa inteligente").

Em "*Divertissement Romantique*" o problema do lirismo de convenção, tratado de forma acidental em outros poemas, é o núcleo da escrita, pelas palavras "poéticas" *castelo – montanha – planície*. Este é um momento intenso em que a convenção parece disputar o "si-mesmo" contemporâneo. O poeta exclui o *castelo*, mas demonstra a *montanha* e a *planície*; passa a "explicar" metaforicamente a *planície*, debatendo-se contra possíveis objeções: "se isto é resíduo romântico, atavismo *fin-de-siècle*"...

Érico Nogueira compõe seu livro lírico como um trabalho acadêmico em que se devesse apresentar o problema, discuti-lo, levantar a bibliografia e só então desenvolver o pensamento e concluir. A este ponto estaríamos no desenvolvimento: desde "Pesadelinho Combinatório", a questão de *fazer lira* não mais ocupa diretamente introitos e, com o poema "Finados", um dos pontos altos do livro, a memória paterna dá o mote: busca-se, a partir da lembrança faltante dos olhos, o pai morto. A beleza de um verso como "sempre acordaste tarde, sempre foste um escândalo" contrasta com o final da perda pelo esquecimento deliberado, necessidade de seguir adiante após a aceitação da falta: "e eu obstinadamente não me lembrei dos teus olhos". É um poema em verso livre prosaico, uma das vertentes possíveis, aqui admiravelmente manejada. Sobre esse verso em particular, é importante dizer que a *rememoração,* para teóricos como Staiger, vem a ser a função primordial da lírica, aquilo mesmo que a distingue em face de outros gêneros. Ora, essa obstinação do poeta em "não lembrar mais", após um momento de grande evocação, mostra bem o desconforto de Érico Nogueira com o lirismo convencional, sua firme decisão de extrair daí apenas um substrato de vida e essência humanas irrepetíveis.

Entretanto, está sempre atento a seu tempo, sabendo que mesmo sentidos convencionais escapam ao raso "horizonte de expectativas" de hoje. "Outro Hexagrama Místico", essa reflexão em verso, ápice da perquirição do si-mesmo e das essências, abre-se com um eco de cartesiana ironia: "Logo, não presumo de mim". As coisas continuam a ser elas mesmas, sem a linguagem, assim como a essência é inatingível (a que o poeta busca, essência transcendente). O poeta que punha em questão as palavras da convenção lírica, como *castelo*, *montanha*, *planície*, agora utiliza – sem questionamentos – o virgiliano "olmo". Lembra então o primeiro Érico, de *O Livro de Scardanelli,* indagando-se sobre as faias (o que nos remete a Drummond, ao pensar a possibilidade do outono no Brasil, e também ao mesmo Virgílio). Ainda se notam resquícios da hiperconsciência, como quando põe em itálico os termos em "a *tarde* sempre *cai"* – e, de modo ridente, volta à relação tensa com o hipotético leitor acostumado à antilira, desprovida de convenções: "e cê nem isso dá". Ou seja: enquanto ele, poeta, pretende ultrapassar conscientemente a lírica de convenção sem lhe virar a página, o leitor não se deu sequer pela beleza da velha convenção.

Esse dilema articula-se com a negação daquilo que, partindo do plano estilístico da antilira (o feio, o corriqueiro, o podre), atinge os conteúdos líricos a ponto de pretender uma *ordem* cosmológica substitutiva – a abstração matemática, por exemplo. É de notar o diálogo com a poesia de João Cabral (que isso buscou) naquele "Outro Hexagrama Místico": a divisão em parágrafos, cara a Cabral, confirma-se no diálogo sobre possíveis simetrias do poema com equações matemáticas: "Não manejo equações (...) / a poesia é clara impossibilidade (...) / (Bate um só miocárdio em dueto de amor.)".

Estaria, para Érico Nogueira, a poesia mais próxima da criação natural: a equação não espelha ou retrata, mas "ela é": trata-se de uma coisa-em-si abstrata. Seria, contudo, a equação (e a matemática inteira) um "sobrecéu" colocado pela poesia. Restaria então cogitar mistérios e presumir o Cristo. Este arremate antecipa o que será a parte final do livro e, de modo geral, a "solução" da busca lírica de Érico Nogueira.

Ainda antes, temos um momento concentracionário de toda a metaliteratura da obra, na peça "A Teoria do Poema". Ali o poeta parece absorver o espírito de época ironicamente, espírito de negações e relativismos: "Vou começar pelo não". A palavra "equação" retorna com ironia na primeira estrofe, pelo halterofilista (referência ao novo hedonismo das academias de musculação). Na cadeia de negações, sua reflexão em versos já sabe: "o poema não é matéria / nem ciência da matéria / ainda que dela, é claro, / e da ciência dela / olha, o poema não pudesse prescindir".

São belas as imagens com que representa o interstício entre pensamento e coisa, razão e percepção, onde se insere a poesia: "entre a luz e a roseira insculpida nos olhos? / (Há um espinho na carne.)". Sabe, porém, de nossa incapacidade de *fazer luz* e quanto nos equivocamos com os "maus poemas que trazemos nos pulmões".

Ao definir como o poema deve ser, deparamo-nos com a precisa formulação: "declaração de intenções e esperança alucinada". Está nesse momento bem à vontade, o poeta, com seu universo estético e temático, afirmando sua condição de artista: "quero que o poema seja belo / e livre". As metáforas que alinha para essa beleza fazem pensar no lirismo despojado e simples, mas nunca simplório, de um de nossos líricos mais subestimados, Mário Quintana. A imagem do poema como um "copo d'água palpitando no escuro", de Quintana, alinha-se ao "cisne em céu de chumbo" e ao "triste, misterioso, como as águas e os desertos", de Nogueira. Em uma passagem que parece revisitar Bandeira, naquele poema do lirismo libertador, Érico retifica o mestre, que exaltava a língua "errada do povo": o poema não é "coitadismo, / indulgência à moleza em sintaxe e à indigência de pensamento".

Superado o clímax metaliterário, vemos, como na estrutura do romance, um *dénouement,* em "A Canção da Lagoa dos Afogados", poema de belíssimos alexandrinos e mimese na estrofação, fazendo quebra em "não escoa" e rima em "congruem / (...) não flui". De novo, a disjunção que, antes, fora explorada nas toantes, mas agora significando junto à matéria de fundo. Importa ainda observar como, a essa altura, o verso livre cede mais à métrica regular; o final do livro estrutura-se mais em poemas metrificados, como um retorno a certa ordem, beneficiado pela assimilação do ruído, da dissonância mudada em regra pelo tempo.

Na seção II da mesma peça, "*É macabro o jardim*", vemos nova excelência métrica. Sabedoria na mistura de registros – o elevado e o baixo – quando escreve "que me lanha e me lenha", e a bela toante em "babando pela vasta / campina sem mourão e sem estaca", já na seção seguinte, são algumas das muitas excelências desse poema. No plano do conteúdo, aquele que sempre busca "as essências mais puras" agora está consciente de que não são fuga da circunstância, e encontra um "crânio" gorgulhando na lagoa: o boi, que foge a hipóteses, é a morte. Conclui pela destilação do momento e cisma "como os múltiplos são um", o que se conecta às epígrafes do livro, à trajetória do lirismo e aos poemas finais.

"O Limbo de Coleridge" é uma peça a meio caminho da tradução e da emulação, com belíssimas soluções – "surdo e infecundo como o cálculo das areias". "A Caneta *Dele*" soa como um belo panegírico para o mestre (um poeta? um santo?), mas o que avulta é a conexão com o insondável, a metafísica buscada pelo próprio mestre em sua escrita. Na "Antiode", a partir da evocação do retiro horaciano, que repele a agitação das ruas, afirma-se um olhar benévolo para o mundo. De certo modo, este poema arremata o arco do livro, ao conjugar os *loci* a partir de uma Sexta-Feira Santa, e assim retomar a reflexão de "Feriado Prolongado" em clave abertamente mística.

A esse passo, estamos no que seria a "conclusão" ou "considerações finais", para seguir a metáfora acadêmica que lançamos antes. Agora a atividade de escrita poética e a fé se amalgamam. A série "O Estreitíssimo Exercício" começa com uma reflexão sobre o Cristo crucificado que impele o poeta a escrever "Ante o Lenho Tosco"; é um belíssimo poema de rimas emparelhadas. Destaque para "ceder à / (...) madeira". Em "O Seu e o Meu Espinho, o Seu e o Meu Tropeço", segunda seção do poema, o poeta parece imaginar a subida de uma pessoa comum ao Calvário, e usamos aqui liberdade crítica para uma aproximação livre, de novo, com o agnóstico Drummond (discretamente, o poema de Érico parece dialogar com "A Máquina do Mundo" e "No Meio do Caminho"). Em "A Ciência da Carne", que é terceira seção, temos uma bela composição heterométrica sobre o impasse de se despojar de acessórios e acidentes da percepção, para a escrita. A série e o livro finalizam magnificamente com uma "*Imitatio Christi*": os momentos finais de Cristo na cruz são vistos como a escrita de uma obra literária. A única perfeita, pois termina "e tudo fica dito".

Não assim, claro está, no próprio livro de Érico Nogueira. *Aqui, Ali, Além* faz muito, e se faz tanto é justamente por forçar, a seu modo, a barreira intransponível do velho inefável simbolista. Mallarmé esbarrou no Nada; Érico retoma a linha – a mesma que formalmente foi dar, inclusive pela mão de Mallarmé, no verso livre – e faz o seu próprio percurso, atento a todo um horizonte de expectativas de seu tempo. E o verso livre, de par com o metrificado, com o uso invulgar de toantes, quebras de estrofação e assonâncias, repercute os ganhos da modernidade, sem fazer *tabula rasa* da tradição mais recente. Se este livro é necessariamente incompleto (porque a completude estaria na Paixão de Cristo), Érico Nogueira, tanto quanto possível à humana gente, compôs uma espécie de cinematógrafo do verso livre, da convenção lírica, do espírito de nossa época e da busca do si-mesmo, tudo isso articulado à sua fé cristã.

Mallarmé sonhou com o Livro Total, completo, mas esse outro poeta não poderia terminar senão de olhos abertos – humilde, e por isso mesmo completamente coerente.

Wladimir Saldanha

"... quanto por mente e por espaço passa."

Dante Alighieri

"Eis como em rítmica sucessão as coisas terrenas – sujeitas às celestes – associam as órbitas de seus tempos ao chamado *canto do universo*."

Santo Agostinho

IN LIMINE

Invejo o cara que não cai em armadilha
nem se enrosca em causinha
enroscada
nem chafurda em charco de pestilência;
que tem na letra do Senhor a sua língua
e sob lua e sol
se exercita, tenta
soletrá-la.

Ele lembra o limoeiro
perfumado
à beira do rio na boa:
e dá limão, se dá,
e, se não dá, dá sombra,
e a serrote ou machado, eh... – sorri.

Assim não pude não, Senhor,
não quis assim;
mas se a nuvem, que são teus cabelos,
me regar a planta dos pés,
talvez
té te animes, e esculpas meu tronco:
sem galho podre, então, sem fruto seco,
um causo
– diferente destes que só dessoam –
eu contava pra ti.

SETE SALMOS DEBAIXO DO CHÃO

1.

E só resmungam, salivam, latem,
e a nota que põem na partitura
é o focinho feito dó – mais nada –
e algum perfume.

Lastimam a careca, as pelancas,
ou penteado e bíceps pavoneiam
– não importa; importa-lhes o estômago e o
cotovelo.

Senhor, vê bem: lembrar "É vaidade",
"Do pó para o pó", "Ranger de dentes",
se antantanho funcionou, é tarde
(é patente)

agora aqui, que o barulho é tanto
que *santo* e *tonto* é igual. Eu queria
explorar o extremo de algum fosso
ou cimo

e ver se esquecia cães e Cão;
eu queria compreender – escuta,
pois, meu uivo, pô, e me perdoa
alguma pulga.

2. Nisso quis vazar dessa merda toda,
bafo, socação, o cecê do trópico, es-
-cassa gentileza, propina, *lex*
dura sed lex,

onde ainda ontem era só goiaba,
hoje só laranja – até padre, pode? – e
tudo é tão volátil que não há verso
já que o retenha,

“Vai, apela agora pro teu santinho,
trouxa”, “Cê não serve pro Quinto Império”,
“Macumbeiro”, “Puto”, “Carola à toa”
meus elogios:

vou seguindo aqui em abafado escuro e
sei que escafeder-se é mudar de ares
não de humor – escavo na vasta serra
minha jazida,

brisa, alguma brisa de noite vem; a
vida em Vera Cruz é gasoso sonho
pós um dia todo de feijoada e
pinga silente.

3.

Soei o alarme – “Ihvh” – e ele atendeu bem quieto,
e aquele meu nó entre ventrículo e átrio
folgou e a borboleta azul da
gola da minha camisa voou.

Não sei quando ouve e quando não ouve, mas
o mais prudente, acho, é destilar primeiro
a bile, a reuma, o fogo-fátuo
dentro de frasco elaboradíssimo,

e só depois, hum, “Vou processar o cara
por negligência ou feio abandono” – lance
desesperado e até que justo,
só que o autuado é o juiz: cê guenta?

Por isso, lindão, vai, vê se toma tento,
toda cabeça é fossa de pombo um dia,
e a chave é bom humor; apura
mãos, olhos, boca, nariz e orelhas,

e sorve o rocio sob o carvão de tudo:
já houve um lugar, lábios, nenhum relógio,
e tudo urgente e tão intenso e
vida que não acabava não.

4.

“De galo um gogó, ô bípede implume, igual
ao teu vibra assim só porque os urubus
tão molemente em tanta elipse
voam sem pressa do teu repasto:

gostava de ver como ficava a crista
se a peste adornasse esse carão simplório
que você tem e se, esgoelado,
nunca ninguém te escutasse; e então?”

Que posso dizer? Tal como é, no entanto,
a pouca razão disso de modular
a voz, o pensamento, o gesto
numa frequência tão frágil está

na altura, no tom sintonizado às vezes:
patente acaso ou dádiva escura. Preto
no branco, tanto faz, colega,
desde que a tua garganta tumba,

o crânio cupim, cobras os teus artelhos
não virem jamais. Quanto à verdade crua,
um braço ampare a minha queda
quando eu cair no alçapão – mais nada.

5.

Amanhã ou depois, quando eu for só carbono,
e no sonho dos meus, noite chuvosa, "Olá",
der tchauzinho e sorrir dentre a espessura ilógica
de um espelho quebrado, o Outro, o zebu que monta
nos meus rins e me impõe relho, tição e espora,
dará adeus a esta mula – e acho que tu, Senhor,
quando nada me infecta ou ameaça, não
dás um grande valor, né?, ao diamante fácil
que lapido pra ti. Toma que a rédea é tua e, en-
-quanto a nuvem não vem (mesmo que eu zurre, empaque
e coiceie a cuspir fogo), direto e reto
toca lá para o teu estábulo ao pé da serra:
me desculpa a preguiça e esta xucrice insana,
e me adestra o galope, ê, nesta pista preta
té pular no final. Como é difícil, ah como.

6.

Por que tanto arabesco e curva
de fardão rococó, quando é um papinho reto,
sem camisa e descalço, agora
o que o tempo demanda, eu não atino. Quando

de cá em baixo até em cima lá
o caminho mais curto é linha reta sempre,
por que tal zigue-zague e pulo
de pulguinha operosa – olha, não sei. Só sei

que, se ajoelho e escancaro o armário,
naftalina evapora, infelizmente; mas,
se tateio a textura e sonho
de um luís quinze as vincadíssimas frestas, mostro

– não: sugiro o que terá sido
e (senhor papelão) toco no que é – em mim.
Poucos notam, contudo: sigo
perlustrando esta quina, este detalhe, até

inscrever o meu nome arbóreo
em gaveta secreta. Eis o que faço, Deus,
sem querer botar banca, juro.
Verifica se conta, ou se desconta. Amém.

7.

Sobre a azia, o tumulto, o encosto
de cachaça invejosa, ínfera saia alheia
e nobéis que perdi, a lua
resplendeu feito lua (a de São Paulo, em regra,

é um satélite russo) e, então,
como em tantos e tão tolos poeminhas, lá
fiquei eu a pensar na vida,
a de aquém e a de além. Timo. Como é que pode, um

troço preto num treco bobo
– nó de nadas – e fim? Pode. Na noite clara
ouço as aves dos ornitólogos
e me invade a certeza ("É: rouxinóis") estranha,

pois aqui rouxinóis não há.
Megarrhyncos – bonito. O último pio foi canto,
foi buzina ou o que foi? "Tá louco?",
ergo aquele dedão clássico, é mãe no meio, e

"Tá no mundo da lua?". Adeus,
carenagem lunar canga de rouxinóis,
timo estúpido e mau, adeus.
Céus sem nuvem em São Paulo são perigosos.

SE PÔDE JUVENAL, EU TAMBÉM POSSO

Sempre *eu* só de ouvinte? Jamais não descontarei,
vexado amiúde pela *Teseida* de Cordo roufenho?
Ora, impune me vai recitar – um, tragédias togadas,
outro, elegias? Gastar vai impune o meu dia um enorme
Télefo ou, com a margem extrema do livro já cheia,
um escrevinhado no verso também e inacabado de um *Orestes*?
Mais conhecida não é de ninguém sua casa que a mim
o bosque de Marte e a gruta confim às escarpas eólias
de Vulcano: e o que fazem os ventos, que sombras tortura
Éaco, de onde fuão traz o ouro da surripiada
pelezinha, quantos ulmeiros Monico arremessa
– gritam-no os plátanos de Frontão e os seus mármores moídos
continuamente e as colunas roídas do instante leitor.
Esperarás o mesmo do máximo e o mínimo poeta.
Nós também desviamos da férula a mão, nós também
conselho demos a Sila – ora, que, reformado, pesado
fosse dormir. É clemência estultíssima, se em toda a parte
topas com poetas, poupar um papel destinado a morrer.

Por que, contudo, prefiro correr o mesmíssimo campo
pelo qual o grão filho de Aurunca guiou seus cavalos,
se calhar e folgardes de ouvir-me as razões, falarei.
Quando um molíssimo eunuco se casa, Mévia um etrusco
porco transfixa e segura os venábulos com a teta de fora,
quando os patrícios todos em bens desafia sozinho
quem me afeitava em rapaz a barba que hirsuta estalava,
quando o restolho da plebe do Nilo – o Crispim de Canopo,
verna – ao ombro jogando a sua capa purpúrea
faz ventilar o ouro estivo de anéis em seus dedos suados
sem poder suportar o peso de gema maior,
difícil é sátiras *não* escrever. Ora, quem, ante a iníqua
Urbe, é tão paciente, tão férreo, que se contenha
quando passa a nova liteira do rábula Matão
cheia do próprio, após ele o alcaguete de mui grande amigo,
e muito em breve raptor da nobreza dilapidadíssima
– do que inda resta –, que até Massa teme, que Caro com dons
afaga, qual Tímele enviada em missão por um trêmulo Latino.
Quando te enxotam os que de testamentos se beneficiam
noturnamente, aos quais leva ao céu hoje a via melhor
da suma escalada – a boceta de alguma opulenta velhota?
Tem Proculeio uma oncinha, Gilão, por seu turno, tem onze,
cada herdeiro a fração proporcional à piroca:
ambos, claro, recebam o salário do sangue e assim
empalideçam qual quem pisa em serpe com os pés descalçados
ou o orador que vai discursar ante o altar de Lião.

Por que revelar quanta ira fervilha em meu fígado seco,
quando, com a malta de cúmplices, pisa no povo o espoliante
do órfão que faz de michê – um condenado por uma sentença

sem efeito? Ora, a infâmia o que importa, com as moedas a salvo?
Mário exilado a partir das catorze bebe e desfruta
a ira dos deuses, mas tu, vencedora província, tu choras.
Tais não crerei coisas dignas da horacianíssima lâmpada?
Tais não achacarei? Mas o que, se não isso? As hercúleas
ou diomédicas ou o mugido no labirinto
ou o mar fendido pelo mancebo e o artesão voador,
quando um rufião os regalos sequestra do amante à mulher,
dos quais a lei mesma a priva – tão douto em olhar para o teto,
douto em roncar junto à taça com o vígil nariz?
Quando lícito julga esperar um comando de coorte
quem doou os seus bens aos estábulos falto de todo
patrimônio ancestral, ao voar, rodas em disparada,
pela Flamínia – novo Automedonte? Ora, as rédeas sustinha
ele próprio, ao mostrar-se para a encapotada amiguinha.
Aí não é lícito encher anchas tábuas de cera no meio
da encruzilhada, quando são seis as cabeças que levam
lá e ali, exposto em seminua cadeira
e recordando muito o reclinado Mecenas,
um falsário que se tornou refinado e opulento
com diminutas tabuinhas e mais um sinete molhado?
Vem poderosa matrona que, o relaxante caleno
indo ao esposo servir, põe-lhe sumo sedento de sapo
e ensinou – melhorada Locusta – as rudes vizinhas
entre o escândalo e a turba a enterrar gangrenados maridos.
Ousa algo digno da Gíara estreita e, enfim, da prisão,
se queres ser algo. A honradez é louvada, mas fica no gelo:
pois aos crimes se devem jardins, palácios, banquetes,
prata antiga e púcaros donde releva um cabrão.
Quem da cúpida nora o corruptor dormir deixa,
quem as torpes esposas e o adúltero mancebinho?
Se a natureza falece, a indignação faz o verso
como pode – quais posso eu ou então Cluvieno.

Desde que Deucalião, o mar subindo com as chuvas,
de navio escalou a montanha e um oráculo pediu
e aos poucos amoleceram as pedras acesas de vida
e também aos varões mostrou Pirra as nuas moçoilas,
tudo o que fazem os homens – promessa, ira, medo, prazer,
contentos, canseiras – é forragem do nosso livrinho.

Ora, quando mais rica cópia de vícios, quando
mais a ambição escancarou o seio, e o jogo foi quando
tão animado? Pois não se vai em companhia da bolsa
para o acaso da mesa, mas joga-se uma arca em apostas.
Quantas batalhas ali não verás diante do armígero
crupiê! É loucura singela perder cem mil
sestércios e ao escravo tremente não dar uma túnica?
Qual avô ergueu tantas vilas, qual sete bandejas

solitariamente jantou? Hoje a minicestinha
jaz no primeiro umbral para o rapto da turba togada.
Ele, no entanto, inspeciona primeiro e receia que acaso
venhas em pele alheia e sob nome falso demandes:
reconhecido, recebes. Ordena ao pregoeiro chamar
os próprios troianos, que os próprios junto conosco também
sitiam o umbral. "Dá ao pretor. Em seguida, dá ao tribuno".
Mas o liberto é o primeiro. "Primeiro", diz ele, "eu cheguei.
Por que hei de temer ou recear defender este posto, apesar
de nascido no Eufrates – o que os moles furos na orelha
provariam, se eu negasse? Porém, minhas cinco lojinhas
dão quatrocentos mil: dá a púrpura senatorial
o que se deseja, uma vez que Corvino no campo laurente
guarda ovelhas de soldada, enquanto eu tenho mais
do que Palante e os Licínios?" Esperem, pois, os tribunos,
vençam as riquezas, e o passo não ceda ao cargo sagrado
quem há pouco chegava a esta urbe com os pés alvacentos,
já que entre nós é santa santíssima a majestade
das riquezas, embora a funesta Pecúnia um templo
inda não habite, e altares nenhuns erigimos às moedas,
como a Paz se cultua, e a Confiança, a Vitória, a Virtude,
e a Concórdia que arrulha aquando o seu ninho é saudado.

Mas, quando o máximo cargo o balanço faz ao fim do ano
do que rende a cestinha, de quanto acrescenta ao seu saldo,
que farão os clientes que dela têm toga e calçado
mais o pão e a lenha da casa? Bastíssimas liteiras
pedem os cem tostões, e vai atrás do marido
lânguida ou grávida esposa que levam ali e acolá.
Um, habilíssimo na arte manjada, pede a uma ausente,
apontando, em vez da mulher, selim vácuo e fechado.
"Eis minha Gala", diz, "anda logo. Por que te demoras?
Mostra, Gala, o teu rosto". "Não na incomodes: dormiu".
O próprio dia é marcado por linda sequência de eventos:
cesta, depois o fórum de Apolo jurisperito
e a estatuária triunfal, no meio da qual ousou pôr
seus títulos um não sei qual egípcio ou alfandegário,
em cuja efígie não somente mijar lícito é.

Deixaram os vestíbulos os velhos e fatigados clientes
e depõem os seus votos, conquanto longuíssima no homem
seja a esperança de ceia: e almeirão compra o pobre, mais fogo.
Entretanto, o melhor das florestas e mar tragará
o grão-senhor deles, sozinho deitado em leitos vazios.
Com efeito, entre távolas tão belas e amplas e tão
antigas, um patrimônio eles comem em mesa de um só.
Nenhum parasita mais haverá. Mas quem aguenta esta
sordidez luxuosa? Que gula tamanha se serve
porcos inteiros, um bicho nascido para as festanças?

Todavia, o castigo é instantâneo, pois tiras o manto
empanzinado, e indigesto pavão levas tu à privada:
daí mortes súbitas e uma velhice sem testamento...
Corre a recente e não triste notícia por todos os jantares;
sai o funeral, que os amigos furiosos terão de aplaudir.

Nada além disso o futuro terá que acrescente aos costumes
nossos, e o mesmo farão, quererão os da nossa prosápia:
todo vício chegou ao cúmulo. Solta os panos,
todas as velas se enfunem. Dirás, porventura, "Mas onde
há um engenho à altura do assunto? Onde aquela ancestral
franqueza de escrever o que quer que ao espírito em brasa
bem parecesse?". O nome de quem não ouso dizer?
Que me importa se Múcio perdoa-me a língua ou não?
"Pinta Tigelino, e hás de brilhar na tal tocha
onde ardem de pé e fumegam os de goela amarrada,
e a carcaça abre um largo sulco no meio do chão".
Logo, o que acônito deu aos três tios será carregado
em almofadas de pluma, e de lá vai olhar-nos soberbo?
"Quando cruzar contigo, coloca o dedo na boca:
delator há de ser quem a frase soltar 'Sim, é ele!'.
Sem perigo porás Eneias e o rútulo fero
em combate, a ninguém agrava um Aquiles furado
ou Hilas procuradíssimo após ir atrás do seu cântaro:
sempre que o ardido Lucílio, porém, qual se a espada empunhara,
brame, enrubesce o ouvinte que tem a consciência gelada
dos seus crimes, e suam as entranhas da culpa silente.
Donde ira e lágrimas. Volve-o contigo primeiro no espírito
antes de soar a trombeta: o armado da luta arrepende-se
tarde". Vou ver o que se me concede, pois, contra aqueles
cujas cinzas espalham-se sob a Flamínia e a Latina.

O CHARME DA VIDA CONTEMPORÂNEA

QUARENTÃO CASADO PROCURA

TAPACÁ TACAPÁ – vou correndo e estátua assoviando o que me assoviam estatelado estirado esfalfado na vida escrotal dessa escrota cidade o clichê quanto clichê não consigo largar o clichê misturado no estrume dessa rua dessa casa desse quarto vou silvando correndo o que calha o que rola ontem adoeci uma tosse filha da puta e assim doente mais sensível parece a umas vibrações do neon o que eu quero dizer é que não vale a pena nunca valeu a pena essa vidinha arrumada e tudo certo no lugar e tudo médio e tudo merda e tudo a vida vai transcorrendo feito mijo de chope mijo grosso e viscoso às vezes a gente se sente essa nulidade sempre me sinto essa nulidade quarenta anos e nenhum sonho em carne nenhum nenhum queria ser escritor o que é ser escritor sempre tudo calculado sempre tudo um balancete fiz verso quadradinho e redondinho e nada rima rica e rara nada ritmos gregos em português e nada atualizei a sátira renovei a bucólica e um pé na bunda um dedo no cu será que eu nasci pelo cu só pode ser só assim se explica essa aberração ser um miasma de revista postema matemático perfeito uma escultura é mas não infeccionar não escorrer eu queria explodir tudo mas já explodiram isso de escrita automática é tão velho quanto sonetelhos já fiz de tudo testei várias técnicas vários lances li toda a agudeza e arte de engenho aprendi a aplicar e nada ninguém percebe ninguém vê ninguém lê ninguém se importa (por que se importariam) errei de profissão de vida de – nasci pelo cu acho que já falei mas lendo uns baratos de magia me empolguei um pouco a besta o bruxo hermes três vezes magno todos dizem a mesma coisa o contrato é o canal é o pacto é o único que te salva e redime então escrevo essas linhas quero: não sei o que quero sei sim o que quero o que todo mundo quer e sempre quis sempre sempre

*

ABRO O TARÔ sinto o sangue queimar a veia ferve você meu leitor inconfesso defesso possesso que flana na paulista que flutua na madá asseado racionalzinho livre libérrimo de jugos e superstições que nunca olhou os postes é os postes dessa porra de são paulo o que mais tem em são paulo é macumbeiro bruxa charlatão despacho mas você não vê mas você não lê não levanta a cabeça não acredita no fundo se não der naquele jornalzinho pra você não existe – então o que eu quero eu quero o que todos querem grana pica glória buceta quem é que não quer aí invento um cara que senta no computador disposto a fazê-lo invento alguém que escreve pronto a redigi-lo – um contrato é – não eu claro não eu os fucôs e derridás que o meu irmãozinho tanto ama já disseram que o autor morreu já denunciaram a falácia do biografismo então como ia dizendo não eu fulanão por mim e daí

o fulano redige que dava tudo dava até o cu se preciso fosse contanto que tivesse o que quer e abrindo o tarô vai sentindo um negócio doido tipo gastrite na corrente sanguínea não no estâmago e pensa em camões ao escrever estâmago será que ele também fez será deu tudo o que tinha pra dar com os lusíadas o fulano tá pirando o sucesso tá lá tá inscrito nos tarôs e aí se ulcerando e é prurido o fulano levanta invoca evoca e – e: e

*

LEMBRA dos filhos da mulher da cruz tem uma cruz pregada na parede lembra do outro na quinta-feira sussurrando sozinho os amigos roncam sabendo claro a par total do que tava pra acontecer e lhe veste a pele (inacinho ensinou) tenta tocar sentir de dentro o que rolava aí ouve o cujo vê o coiso isso sempre aparecia pra ele e ele lá meio de bruços no esse copo eu não quero me traz outro se puder mas pegando e tomando e engolindo a parada – imagina o primeiro soco os cuspes e vergastões aí a croa espinhenta e no morro o cruzaço e alfim pregos carnagem o lado aberto esguichando uma água vítrea – cês sabem (o leitorzinho talvez não): e pensa na bosta do seu contrato no descabimento da sua orelha na bitola do pau no seu cu na sua verminose no seu câncer e se toca que a vida até ri até pra ele que tem bem ou mal o que merece e o que quer sempre teve o que quis e o que traçou porra filhos mulher tudo redondo e quadrado poeminhas certinhos e compasso romano arranjado pra bossa-nova e até que fica feliz se sente leve redimido picota o contrato e é um pai-seja uma ave-ela e um beijaço na cruz no retrato dos seus enfeitando a parede

VIRADO À PAULISTA

"Garçom?"

(Não tem nada aí;
viro a cara,
volto pro outro lado,
e lá
e cá
também tem nada.

Tá bom, tá bom – o lance do sujeito,
escrita automática,
poesiazinha do eu
– eu sei:
                    babau
                                        pó-pó
já foi.

Mas – o negócio é que...
é que...
tem um fundo, sabe,
um selinho,
uma filigrana
frágil
ou um fio
onde a gente é a gente e
é.

É difícil chegar.
Na verdade não se chega, hum – se está
eu acho, mas, com tanto apito
pisca-pisca
tudo junto e tanto e simultaneamente,
ninguém vê.

[Clichê, não é?]

O ponto é que –
já disseram, claro,
aliás: o que é que não disseram? –,
o ponto é que
                    Footfalls echo in the memory
é que
                    aí
                                        lá
                                                            cá
o disperso se unifica,

alguma coisa faz sentido
um pouco
algum,
mas faz.)

"Um minutinho só."

FERIADO PROLONGADO

I.

Sem luz, "Caiu a luz", uma noite dessas
(na roça, pode?; existo fora de São Paulo)
eu espanei
        variei
                "Meu Deus, e a geladeira?"
e saí na varanda e olhei pra cima e luar.

Meditabundo, a bunda num banquinho,
ai, tinha tudo pra escrever
à rodela de prata tinindo lá no morro
– e aí eu fiquei mais carabundo, que saco, mais fronho
por não ter "Isto é Érico"
não tenho
porque isto já foi lido tal e coisa etcétera e tal.

...

"E daí?"

– Cê tem razão; isto é, meio-eu tenho razão;
em que pese à metade que vive de me podar.

Ei, lua,
sem luz elétrica que me distraia,
eu te contemplo, e um raio raia
que desinfeta a goela minha, agora tua.

Já fiz canções, já fiz endechas,
e escrevi português feito latim:
agora, lua, que me afagas as bochechas,
eu penso em mim
e, livre do odioso influxo alheio,
meio sem meio,
eu canto assim.

E o mistério de tudo, a desrazão, a carne
do ananás espinhoso dessa vida
caíam sem alarme
da tua luz no pedregal caída,
lua:
ah, soubesse eu colher-te e descascar-te!
– não, mas não; não soube, eu acho, ou, o que é pior, não pude;
porque me veio o buraco do ataúde e
"Pra fundura", pensei eu, "é rasa a minha arte".

II.

Então eu quis ver como ficava
se eu largasse tudo
ou quase tudo –
gibões, sobrecasacas, castiçais, marfins,
frases burnidas castigadíssimas no látego ou azorrague –
e declarasse só
                sem peias
o que tivesse a declarar:

que ando buscando onde repouse
e estou cansado dessa empulhação de letras;
que a vida (aqui, em São Paulo não) é um órgão de cristal
com veias, sangue – e de cristal –
viscosa e pura (a vida é leite);
que embora eu saiba
ou sinta
o que é de facto essencial
e, cão, fareje num alenzinho logo ali
a explicação de tudo
(e catre e vela e livro e frincha na janela,
e vento e vela e livro e fogo e adeus)
isto é de cães, não é de gente
– eu lato, eu rosno,
eu não me faço compreender.

Voltou a luz.

("A luz? Que luz?")

III.

Voltou a luz hipócrita e safada
que escreve na prosaica superfície
a mesma historiazinha mal contada
dos jornais, sucursais da safadice:

que, afora o teu teor de melanina,
o regímen do cóccix e do pube
(mais o holerite, claro), é naftalina
quanto pensares té que alguém te entube,

– quanto viveres, tudo, tudo, tudo:
o de inda agora, ao lácteo halo da lua,
quando apreendeste a densa, a forma nua
do que, de tão feliz, te deixa mudo;

o de sempre, a poesia que se esconde
sob camadas de entulho, pó e estrume
no interstício das coisas; o outro lume
que te vem de repente, não sei donde.

IV.

Agora é hora de São Paulo.

Com a geladeira religada
e sem maiores percalços pela noite insensível
comi e bebi e estourava
té que apaguei:
e agora é hora de São Paulo.

A princípio não se percebe;
a manhã é inclassificável e os eflúvios da noite ainda se sentem na
[casa toda
(copo sujo melado da cerveja da véspera);
– mas é entrar no carro
e do campo, do mato, ir-se achegando ao concreto
paulatinamente
paulistanamente
que um anjo cai
plof, *kaputt*
e infelizmente agora é hora de São Paulo.

Em geral é domingo
dia universal da ressaca e do mau humor
e todos os outros carros
toda a gente parada Marginal Tietê afora até perder de vista
respira a mesma fumaça
respira as mesmas fezes
e em seus olhos desgraçados
secos da poluição
vibra a mesma constatação enfática e inequívoca:
agora é hora de São Paulo – agora, já –
e é inadiável como a urina.
("Calma, calma!")

Ah, quando se chega em casa
(em casa mesmo, particular, restrita,
não a São Paulo abstrata e inabarcável)
o prazer é tanto
e é tanto e tal o desafogo "Ah..." que se prova
que se solve a estrada
o Tietê
os animais – "Veado!", "Vaca!" – atrás dos seus volantes
e, à mesa com a família,
gozando a exumação das coisas inefáveis
é futebol, enfim, durante o almoço
e o plano em sonhos para o próximo feriado.

PESADELINHO COMBINATÓRIO

O alto do crânio decepado (a nalga de um tomate)
e cascavéis
                                        morcegos
                                                                                vespas
e escorpiões fervendo em caldeirão de bile.

Um olho cai.

Um fruto podre (ou olho)
lá da amoreira seca e morta e só naquele cimo
e sei que rola
e sei que some
e sei (e sinto) que um dragão o espapaçou.

(Meu olho.)

Pirata agora, neocamões e papo sério,
prevejo a justa de Saturno
e tenho medo
                                        e
– á-á-á-á-á;
mas Saturno não deixa.

Eu não enxergo
                                            ou enxergo muito mal;
eu não penso
                                        eu não sei
                                                                            eu
– Saturno não deixa (malditos anéis).

E assim palpando vou, zarolho e pensativo,
inquisitivo inalando decibéis
até dar com uma velha que guarda uma grota:
e a grota é tão velha ou mais velha que a velha
e a velha tão grogue tão grossa tão grota
que eu, á-á-á-á-á, tenho medo, o morcego, o dragão
– eu não sei.

Um tomate?
Um tomate no chão, decepado e sem nalga,
arremesso na velha, eu não deixo, espapaço
uma amora em seu crânio e ela “Á-á-á-á-á, vespas, vespas!”,
de maneira que, hum.

E eram vespas montando cascavéis
e escorpiões sorvendo caldeirões de bile

e um fruto podre
            o neocamões
pirata, sério,
e os anéis de Saturno já indo e voltando.

Eu não vou.
Tenho medo, eu nunca que não vou.
– Vou ficar com essa velha guardando essa grota
pelado e sem nalga
e rolando
            e sumindo
até dar seco e morto com o cimo:
e isto é só.

PAIS E FILHOS

Ontem meu filho fez três anos;
e minha filha de cinco é a flor do meu quintal.

A impossível maçã dos rostos
os olhinhos de cão, de quem olha e crê,
o mundo táctil mobilíssimo tão dado ao artesanato:

“Um urubu, papai”
                                        É, um urubu, pois é
“O seu avô, papai”
                                        É, o meu avô, pois é
– e a coisa rígida
tão pouco dada
que quebra o dente e me resfria a tripa.

Tu sabes bem o que é, Senhor, – perfeitamente bem:
teu filho lá
                                        quarenta chibatadas
teu filho aí
                                        “É Barrabás, cacete!”
– e a história toda, a intolerável história
de um cabrito sem pai.

Só a sombra interessa, jumentinhos, só.
Que ao desenhinho mais asnal
mais jumentício
que se possa conceber
dá um contorno inteligente
e dimensões e estofo insólitos,
e algum contraste – denso, escuro – à brancura cerebral.

As matemáticas, canções, a analgesia – sombra;
sombra a ternura indestrutível nas carinhas de cachorro
e todo o resto – o câmbio, o chipe, o deeneá
e o meu avô.

“Que é que cê tem, papai”
                                                            O que tenho eu, pois é
“Anoiteceu, papai”
                                        Anoiteceu, pois é
– é o artesanato, eu acho,
mobilíssimo
e a sombra asnal que me deixa inteligente.

Três aninhos.
Minha flor.

ASINUS EX MACHINA

Foco, foco, boquirroto,
– aquilo lá, lá dentro
tão mínimo
tão primitivo
onde revelam o filme da tua vida;
o negativo disso, a câmera mesma, a luz
que não é você mas é, que não se encaixa,
o que seria?
("E lá sei eu?")

Hum...
As emoções que redemoinham e não têm nome
e ainda não é você;
a abelha, um filho, arte holandesa, o mar
– imagens claras (ou nem)
que é um mundo algo mais teu, mas ainda não,
ainda tá longe lá daquilo;
e de repente um sopro
e de repente um nome
e olha você aí
olha o galope.

Eu jurei que não escrevia mais poéticas.
Execrei a parafernália.
Abjurei os malabarismos.
E quis ser simples e beócio
como um jegue.
E quis ser natural.
Mas como o jegue não trai sua natureza
e não sai por aí voando
ou fazendo poesia
a minha, Deus, eu não traí
e sigo sendo o que sou
("O que será?")
sob a máquina do jegue.

Assim vou eu pastando, olhando as alimárias,
armando o maquinário como quem quer e não quer:
se uma palavra, bicho,
te morder
"Ai!" e de dentro pra fora como eu fui
(ou quase)
você for ou achar que foi – tá bom, que seja –
estarei quite com a máquina
e o coração do jegue
estarei bem:
ió
ió.

FINADOS

Não me lembro mais dos teus olhos.

Isto é – me lembro sim, mas não daqueles
em que suponho (não me lembro) eu me queimava
quando a gente tomava chá:
mas só dos outros.

Um, dois milímetros de fresta (eu lembro bem)
donde saía uma luz fosca
que não chegava a iluminar a cara, isso não, imagina
mas que dava ao corpo todo
(ao corpo e às mãos, sim, sobretudo às mãos)
um halo mais solene
uma materialidade imaterial.

Das mãos me lembro bem, das últimas e das penúltimas,
pois quando entrava no teu quarto
ali pelas catorze
eram elas que me estendias, "Filho, és tu?", ainda sonolento
na menção de me abraçar.

Sempre acordaste tarde, sempre foste um escândalo.
Hoje eu aqui leio o teu nome sobre o mármor
e é vento num cipreste
e um cão mija no além
mas dos teus olhos (não das mãos, das mãos absolutamente)
eu não me lembro nem a pau;
eu não me escandalizo.

(Quando ventava no cipreste
e um cão mijando não morreu
notei que algo se revelava
e estava a ponto de entregar-se
mas teus olhos se interpuseram.)

É tarde.

"Moço, moço!"

Acho que vão fechar o estabelecimento.

"Moço, ei!"

E um sino deu as vésperas e o sol sumiu e eu obstinadamente não
[me lembrei dos teus olhos.

COM ISTO DIGO AQUILO

I. Tô vivo.

Pós explosões no fígado e nas tripas
e artelhos decepados, torniquete e o mal
que ardeu e esparramou,
escorro leve agora
ritmado
por dias como rios arcanos e antilógicos
que um tetracorde só (meu astro)
musicasse
                                        e uns versos traduzissem:

dias totais, embora nesta cerca;
olorosos, bem que na pocilga;
oleosos, abissais, puríssimos, outros
– mas em São Paulo, nota bem,
que é asfalto e pus.

O estrume.
É: pensa o estrume.
O teor bovino da emulsão, lustroso, ambíguo
entre a putrefação e o diamante
e um pasto além
                                                            ao vento mole
verde de hipóteses de pólen, de rocio, de pinha.

São dias de desporto e teologia,
de carne chamuscada, caratê, os mistérios,
em que São Paulo não é São Paulo
(e é)
e as coisas, sempre coisas – o banal, o fútil, o de sempre –,
mudam a roupa e mudam
fúteis sempre
mas nuas no entreato entre papéis banais.

É quando um tipo que nem eu
complexado
falsíssimo na gala, máscara de Veneza, mau pierrô
não acredita no que vê, dá as costas, bebe
mas não adianta:
                                                            o que é tá feito;
é: nudez aficciona – é infecção que pega –
e o que se vê não é o que se vê:
é mais e menos.

II.

Menos porque deduzir de estrelas e muares
a explicação do cosmo, o mal de amor, os gols, tua inadimplência
é descurar a massa densa
incomutável
dos burros e das constelações,
e diminuir o zurro e o brilho
à imaterial função de placas – coisa imóvel –
no trânsito universal:
e é mais pois de que vale um meteoro ou mula
materiazinha calhorda
senão porque nos guiam, nos dirigem, apontam
aonde o zurro é uma lição de álgebra
e o brilho um indizível zum de arcanjo?

Há muita música aí.
Muita coordenação intencional.
Muito esforço orquestrado de pôr lé com cré – ação forçada,
artificial, vulgar: não é assim;
o de que falo é algo que acontece simplesmente,
que rebenta, aparece, calha, está
e porque não se explica bem
ou porque nem fractal nem nada disso o explica bem (nem poderia)
é que interessa
é que espanta
e cabe em verso.

– Mas aí também é meio que idealizar a poesia,
relegada à condição romântica ou – pior – frankfurtiana
de búnquer da intimidade,
hermeticíssima mas genuína: mas se não for assim então o quê?

Pois bem: rotulações à parte
e salvo erro e descontadas as disposições em contrário,
o de que falo é como a chuva
mais querida
em casa com varanda e laranjeiras no quintal.

(O que evidentemente em São Paulo não pode ser
e o curioso é que é.)

III.

Então eu vi.

Em São Paulo mesmo, um rosto deformado
ou semideformado e até simpático,
e atrás do rosto uma história de resignação – de
[autocomplacência, de revolta e amor.

Amor: é, amor mesmo.
Refinadíssimo saído em béqueres
da ira mais graxa e cruenta, pepticíssima, incontrolável
de quem no estômago conclui que não deu sorte
e se lascou
fodeu
e elabora no pâncreas, há séculos sem insulina,
um teorema de doçura
e açúcar necessário e universal.

Ela, porém, (era ela, não era ele) não come açúcar.
Não pode comer açúcar.
Porque – além do rosto indébito – tem diabetes, claro,
o indefectível diabetes,
e é o não comê-lo assim que a deixa doce, ah é,
inefavelmente doce
gulosa de paradoxos
e o não ter o que quer faz que queira o que tem.

Ih – finalmente é gorda.
Obscenamente gorda.
Gorda que o espaço aceita, claro, pois no espaço cabe tudo,
mas que o pensamento refuta
a imaginação repele
e o magro do intelecto se recusa a conceber.

Como ia dizendo: gorda assim,
tem como sói a bonacheirice das gordas,
e aquela gentileza e bom humor
que é a coroa de louros dos abnegados (coroa de espinhos).

Aí "Olá, como vai?", e ela vê mas não vê;
e eu "Você... – eu te conheço?", e ela mostra que não
ao passar de olhos baixos, "Tá bom; tudo bem; eu não queria...",
"Isso é bom: não querer"; ah, como isso calou.

Ó diabética esfera malformada
tão patente e tão elíptica,
me tira pra dançar
que eu voe
e minha língua em tua órbita
valsando vá sempre mais casta e mais castiça:

o mesmo amor que te consome
e funde
me consume também além lá em cima;
flutuando entre éteres e esferas
eras e eras.

DIVERTISSEMENT ROMANTIQUE

I.

Pensa você que não existem, né?
Melhor: você não pensa nada
e como sede, um corte, indigestão – como você respira –
tem a certeza corporal da inexistência.

Tô falando de você – pra você mesmo;
de você pra você mesmo;
que, como bom hipocondríaco,
é o tarado dos lóbulos
e o louco das válvulas e glândulas e o mesentério
("Ã – mesentério?")
mas não vê o castelo
("O quê?")
nem montanhas ou planícies
("Hum?")
que há dentro de você
("Também pudera...").

Tá bom, tá bom: aceito que um castelo
esteja um pouco deslocado aí – é quadrado, *carmelita* demais
e... bem: quem é você para um castelo?
Mas montanhas e planícies
a sua corriqueiríssima condição geológica, botânica e climatérica
é algo que até você
                                        pasme
podia ter e na verdade tem:
                                                                                    olha eles lá.

II.

A planície é o seguinte:
extensa e chata, uns limoeiros desfolhados
sequíssimos do clima
e um cheiro gordo de limão que é pura hipótese
que azeda a tua vida.

Um espinheiro, acantos, cactos – a lembrança de um heliotrópio
que é a coisa mais doída:
em noite espessa
                                        ao telescópio
parece flor quando entre nuvens relampeia.

Tem rio também, um rio sem água, ah...
– na superfície ao menos;
você tentou cavar um poço
há muitos anos
e há muitos anos sob a terra há terra apenas.

Se isto é resíduo romântico, atavismo *fin-de-siècle*?
Isto é o que é:
uma planície apenas, só
uma planície
dentro de você.

III.

A montanha é mais alegre – mas você não sobe lá;
a vista é ampla
tem aquela laranjeira cujos pomos
são gotas de sol
– mas você não sobe lá.

Na verdade até subiu, você não lembra?,
foi só uma vez, mas uma vez de sonho:
ela, você, no céu turquesa e ouro,
e aquele beijo.

Você não lembra, claro, pois aquilo foi tão puro,
tão límpido e solar igual só os livros são,
que a só lembrança disso é um osso duro
pra quem nem dente tem, nem solução.

Eu sei, eu sei – essas riminhas cansadas
o climinha licoroso de tataravós
te dá no saco
                                        é inútil
isso não vai te chacoalhar.

(Ah – não importa: como o sábio já dizia,
o que ninguém pensou nem nunca soube
está pulsando lá, na luz do dia,
quando é noite.)

AS COISAS INVISÍVEIS

A CANÇÃO DA LAGOA DOS AFOGADOS

I.

Sempre fugi de mim; e há dias me procuro;
é a idade, eu acho, a experiência do monturo,

o nó na goela, o sol bichado feito abóbora,
e, com a lua, um sino abstrato que não dobra

mas dobra em tudo; é meia-noite; e, pelo som
que não escuto, alguém, alguém, ai, se afogou

lá na lagoa, pois a morte, quando soa,
é grito estrangulado, é eclusa que não escoa

"Hum, quem será?"; ó Deus, o morto é da família?
– os meus já dormem, verifico, ah... e na vigília

de uma noite tão surda, abafada, compacta,
penso em alguém que já matou e já não mata,

penso no mal de conjunções que não congruem,
como a dor com a água; alguém morreu; não flui

exatamente igual o fluxo deste mundo,
quando alguém mergulhou, esqueceu, ficou mudo,

e o dia amanheceu exatamente igual?;
hoje não, que eu não deixo: e agora vou gritar

pra acordar a galáxia – ai, de repente um estrilo
áspero e nítido tilinta, e eu, bem... vacilo,

acendo meia vela, "Ora, saio ou não saio?",
ah, saí; já estou fora, no breu; de soslaio,

não distingo quais formas são sombras e quais
têm o jeito das rochas, plantas, animais

– têm o jeito das almas; a noite é tão má
que, tateando a ribanceira, eu vou topar

onde a matéria falha, e donde o pensamento,
se vai, não volta, e, quando volta, vem no vento,

como a carniça triste: que dó? que remédio?;
eu me sinto que afundo, não ando; é, de tédio

é que não morro mais; "A lagoa, eu achei!";
e não há nada vivo ou morto nem ninguém

entre o junco das margens, no entorno, na água,
a não ser, dentro em mim, certa ânsia, outra mágoa.

II.

a Wladimir Saldanha

É macabro o jardim
das amoras vermelhas;
eu, debaixo das telhas
de obtuso quiosque,
busco a ideia que embosque
o que foge de mim:

um conceito, um modelo
que descreva esta vida,
esta dor, esta lida
de tentar entender,
“Como assim?” – ô, o porquê,
mas só ter pesadelo;

esta angústia sem nome,
ou rançosa gastura,
que me torna em impura
a procura ferrenha;
que me lanha e me lenha,
que me traz, me consome,

mas em cujo percurso
vim dar nesta lagoa
onde tudo é à toa,
e morreu afogado
um absconso finado
sem socorro ou recurso;

inspeciono a neblina
e não tenho resposta:
olha, alguém, quando aposta
em ir atrás do que foge,
não tem ontem nem hoje
ou amanhã – desatina;

o céu atro, espessíssimo,
inspeciono igualmente:
ah, uma estrela cadente
que, caindo, contasse
donde vem este impasse
inextricabilíssimo;

donde vem esta ciência
das essências mais puras
que não sabe a gorduras
corporais misturar-se

e, portanto, o disfarce
mais carnal da existência

não decifra jamais;
donde vem o contrato
do concreto com o abstrato,
do que é com o que foi
e será (como dói),
mas ninguém tem em mãos;

e a lagoa não fala,
nem os juncos, o entorno,
ou do céu o contorno,
ou a sombra cabal;
não é só meu este mal:
só em mim ele cala?;

ei, a lagoa borbulha,
eu vi bem, não me engano,
passo a mão nalgum cano
e ao pé d'água cutuco
pra saber: estou maluco,
ou um crânio gorgulha?

III.

Ah, é um crânio de boi, de boi ardido
em febre, no curral, babando pela vasta
campina sem mourão e sem estaca,
que só vige no sonho do súcubo mais fino,

– que só vige na ideia; e, de pensá-lo,
o boi se dobra e se duplica num centauro
indeciso entre a pata e a mão macia:
ó animal inacabado suicida,

contradição formal, ser sem conceito,
ardendo no intelecto imune ao teu ardor...
– imune a quem concluiu e se afogou
onde não cabe hipótese, lei, pensamento!;

a morte, a morte, o que é a morte, o quê?;
a meus olhos mortais que a tentam entrever
neste crânio de boi, oblongo e natural,
a morte não é visível: quem verá?;

ah, é o dia que vem, o céu clareia,
timidamente embora, atrás do morro;
já não escuto a voz afásica do morto
e, bem, será melhor subir a ribanceira

e voltar para casa; já-já canta o galo
e algum dos meus irá me procurar no quarto
onde, em noites de insônia, há os livros e eu;
vou pegá-lo no colo e olhar o sol,

escutando, nós dois, um coro de aves,
e fazer um café; aí fazer um poema
em que estude uma noite e o dia venha,
não responder, mas acalmar, suave-

-mente; a vida é assim; a morte, bem... – sei lá;
quando for, penso nela; agora é destilar
o momento que basta, e é pleno, e é único,
e cismar como os múltiplos são um.

O LIMBO DE COLERIDGE

a Chris Miller

Lugar estranho, o limbo – um não-lugar, mas... seja –,
no qual o tempo e o espaço que rasteja,
galope teso, em pesadelo cavalar,
lutam pelo último meio-ser crepuscular, –
espaço oco, tempo sem foice de mãos cheias
surdo e infecundo como o cálculo das areias,
sem nem sombra de sombra, – ah, mas pra que flutua
em relógio de sol a luz da lua?

Mas *isto* é belo – a tempo humano se assemelha –,
um velho de alta e fixa sobrancelha,
que deixa o pó da terra a fim de olhar os céus;
mas ele é cego – olhos de estátua são os seus –;
porém, a face enluarada pela sorte,
fita ele o mundo com aluado porte,
poucos cabelos brancos, súpero sobrolho,
e fita imóvel – a cega face é toda um olho –;
e, como órgão de mutíssima visão,
a face toda frui, parece, de um clarão! –
lábio no lábio, tudo estático, busto e artelho,
parece pôr os olhos no que os põe sobre ele!

Doces visões que tais o limbo não amura,
covil cercado que à alma fez prisão segura
o puro horror do nada vacuíssimo,
em cujo entorno esses fantasmas se enfeitiçam.
Negro e gorado pensamento – privação –
é só uma maldição de purgatório;
o inferno tem terror pior,
terror – o após –; é positiva negação!

FANTASIA FOLCLÓRICA AO VENTO BOM, RUIM

Já me conheço bem
bastantemente bem
para compreender que não fui eu
                                                                                    é claro
nem não poderia ter sido
quem escreveu o que calou, se é que calou.

Sou modular demais
gramatical demais
e quando o botãozinho brota ali! e é prata ensanguentada
e é tão candente e roxo com gotículas friíssimas,
o que cala não é módulo ou
vernaculismo terso
                                                  – é um vibrato
um susto
são as refrações do sol e as íris nas gotículas.

É.

O sol não depende de mim, evidentemente
e as íris me evitam como o diáfano ao opaco;
– e se *pelos frutos os conhecereis*
que é estrito bom senso e não precisa de autoria
como é que eu que não sei
                                                                  decompor as essências
e estrinçar os elementos da hortelã
posso pôr no poema o perfume mais limpo
sal e peixe
os limões, o coentro, o mariscado mar?

Não, não posso – é claro que não posso.
Mas se apesar de tudo está o perfume lá
"Hum...!"
                    que se imiscui
esgueira
entre as subordinadas e o vão dos arcaísmos
é que soprou um vento ruivo
                                                                      e uiva
uiva
            uiva
enquanto alguém cozinha e eu devaneio uma seresta.

Lua.
Sempre ela, crua
e poeta há milênios que a tenta pôr na panela...
– Aí eu voltava da seresta, aí era dia

quase
entendido que era o vento e sempre foi, sempre seria
a vida móvel do poema
arfando após qualquer gramática e até a língua da gramática se
[esvaecer,
quando à porta da capelinha
caiada
o madeirame azul

havia um toco de vela
e dentro não era ninguém
e o toco apagado acende
e o sino de bronze blemblém;

e no ar foram peixes-boi,
urubus no lago fundo:
ah, um saci recendendo a fumo
"Tem fogo, sinhô, tem-tem?".

... e eu pico a mula, eu esporeio, eu bato;
palpo e repalpo o seu pescoço
puxo a crina
para me certificar
para me acalmar
que a cabeçorra não exploda esguichando fogo no meio de mim.

(Ah, voejar entre as estrelas na garupa
da mula sem cabeça e recolhê-las.)

É, fui longe; agora não há mais nada;
saci nem mula ou capelinha; resta o vento
que tem soprado tão gelado
tão britânico
tão insistentemente inoportuno ultimamente,
que o botão já seca
as pétalas delicadíssimas se despetalam
e o orvalho prateado se evola e solve no ar.

OUTRO HEXAGRAMA MÍSTICO

Logo, não presumo de mim.
E um meu achado, um tropo, uma agudeza que calhasse
não sou eu e sou
como o olmo seco aqui no charco
                                        tão solene
os galhos braços debatendo-se, os ramos mãos e dedos
sabe lá de si
e não me deve satisfações,
e se eu lhe noto o debatimento dos braços
e a solenidade da secura
continua sendo uma constatação de facto
o reconhecimento de um *a fortiori*
como enxergar "Ó lá!" a dedução de um teorema.

§

Sim, eu sei, eu sei – quem enxergou o olmo fui eu;
e o teorema, vai, de Pascal é *de Pascal* pois foi ele que o
                                                            [enxergou:
isso é tautológico;
mas se, ã, o *hexagrama místico* não fosse em si
(que nome indestrutível *hexagrama místico*)
desobrigado até de Pascal
seria uma fatuidade, não um teorema
fósmea, não geometria
– como o olmo lá talvez seja, sim, sou o primeiro a condescender
mas o olmo é um exemplo, e bem pode ser que pungente.

§

Porque sempre entardece, afinal
a tarde sempre *cai*
e a olho móbil diligente
e agílimos ouvidos
cai-lhes aí no colo
"Truz!"
e o artefacto é uma questão de cinzelar;
veja se minto:
                                faísca elemental
sopro escarlate
                                âmbar rarefeito
no seu colo grátis
sem pedir mais que aplicação de técnica para transmudar-se em
                                                                        [poesia
e cê nem isso dá
não sabe ou então não tem?

§

"Não manejo equações, mas geômetra sou sublimado" – cê
[endossa?
Ora, por que razão, quando os olhos são moles
o ouvido atufado
a mão tão tremulenta com o cinzel,
cê diz então "Há aí um poeta"
quando a poesia então é clara impossibilidade?

(Bate um só miocárdio em dueto de amor.)

§

Ó estofo dos pontos e das retas
inquebrantável estofo
que a equação não espelha, não retrata – a equação é –
una contigo e com ela tu em silêncio estrito e o espaço largo,
o olmo, a tarde, o sete-estrelo
é mais instável
e é menos una com ele a poesia
que o pôs de sobrecéu de espada e beijo e sangue e toda a vida?

§

Aqui no charco há tordos e corujas;
o olmo é mais solene que eu não digo;
é, entardece
e eu cogito com Pascal meu hexagrama
outro mistério
presumindo aquele cálice sob o sol que se derrama.

A TEORIA DO POEMA

Vou começar pelo não.

A observação minudente das qualidades sensíveis,
do tacto bruto à visão civilizada
só que ainda material,
mais o processamento e a catalogação paciente dessa massa de
[vida bruta,
incógnita em si mesma,
e o levantamento de hipóteses como os pesos de um halterofilista
que ergue e não ergue, um dois – ai!, até dar com a equação,
– olha, ainda não é o poema,
não, não é,
nem nunca podia ser;
porque o poema,
embora pense com a mão, voe com o olho, e assim
[sucessivamente,
olha, o poema não é matéria
nem ciência da matéria,
ainda que dela, é claro,
e da ciência dela
olha, o poema não pudesse prescindir
(o ar denso de dama da noite
ou um augúrio de mocho entre a névoa,
entre outras teofanias).

– Se seria o verbo
lá do início, limpo e lúcido,
cujas sílabas impensáveis
e em verdade inconcebíveis
conceberam céus e terra,
pensaram o pensamento?
Não, não creio; ou puro e simples
não – o que eu creio não importa;
porque, meu bem, o poema,
se aspira a uma limpeza e lucidez
totais
(e assim concebe o inconcebível)
o poema é meio, ã, *lutulento*,
barro meio impuro,
e, pensa bem: o poema nunca que é
total.

De maneira que,
vendo agora o espectro positivo,
entre rolzinho de estímulos sensórios
com seus comprovadamente benéficos efeitos bioquímicos

nalgum rincão do encéfalo
– o velhíssimo bem-estar, a enrugada felicidade,
a alegria irreprimível de inalar um sumo de sol
nas folhas do limoeiro –,
bem, entre isso
e a voz que é e não pode deixar de ser,
"Eu sou o que sou",
flexão flamante na língua do profeta,
o poema oscila, flutua, dança
e, não sendo aquilo nem isto,
é sempre um pouco dos dois.

Sabe o interstício,
                    o imperceptível
intervalo
entre a luz e a roseira insculpida nos olhos?
(Há um espinho na carne.)
O quanto é longe, o quanto é incomparável
a palavra de lava com o fósforo de letras?
Justo aí está o poema, justamente
aí – e, se no primeiro é fácil conceber
a ponte do poema, que viaja na luz
e insculpe o mais vermelho, encrava o espinho
na córnea
                    íris
                              pupila,
no segundo
o pensamento empasta, para o vulgo tudo é chama,
e, sem imagem mental da tocha do poema,
da lava mesma como possibilidade da tocha
e do fósforo descartável ante o cigarro da palavra,
fraquejamos
                    não cremos,
– são os maus poemas que trazemos nos pulmões.

...

Ah, ia-me esquecendo:
é preciso lembrar que esta é a teoria do poema,
não o poema;
o ensaio,
não a prova;
e, como tal,
se é como o poema gostaria e tem de ser,
– declaração de intenções e esperança alucinada
mais que constructo acabado ou artefacto concluído –
não é nunca moção de clemência,
coitadismo,
indulgência à moleza em sintaxe e à indigência de pensamento:

é antes o oposto.

Finalmente,
se não for pedir muito – e mesmo se for –,
quero que o poema seja belo
e livre – um cisne em céu de chumbo;
e, ao lado das ruínas, sonhe tudo,
triste, misterioso, como as águas e os desertos.

A CANETA *DELE*

Imagino que fosse à caneta.

Não sei por que, mas quando imagino
a cabana em terra aridíssima com mesa, cadeira e cama
a que ele viajasse para escrever
(talvez com rosas amarelas num jarro de cerâmica
e janelas amplas que arejassem os seus papéis),
imagino que fosse à caneta
                                        por hábito adquirido
que ele à tardinha escrevesse o seu poema.

Houvera tanto por fazer;
um mundo, uma galáxia por remir e resgatar;
– mas ele à mesa lá, cismando, fruindo
e tomando a caneta e decidindo e vai-não-vai "Agora vai".

Detalhe estúpido, a caneta.
Como também o celular vibratório e o presto arremesso do celular
"Vai onde?"
                                que sai voando
e se espatifa
e, espatifado, já não vibrará.

Então que sorriso no rosto.
Que alegria íntima mas objetivamente verificável da superação de
                                                [um obstáculo dificílimo
insistentíssimo
e da sua aniquilação *ad hoc* utilíssima mas provisória
(outros fones virão).
E assim
quando os discípulos chamassem e ele não pudesse atender,
realmente não pudesse atender,
imagino-o, como disse, de caneta na mão
confiando coisas invisíveis ao papel,
porque, todos sabemos, só elas nos importam.

Fabuloso acompanhar-lhe o raciocínio.
A hesitação sobre isto mesmo, ora vejam, da importância exclusiva
                                                        [dessas coisas.
A indecisão atroz, tão carnal (este adjetivo foi que o pôs em dúvida),
entre a mera superioridade e a exclusividade escandalosa.
E a opção pela última, ora vejam,
a bem do escândalo e da precisão:
invisível, não incorpóreo.

Afinal

sem mencionar que Deus mesmo é invisível
e que *ver Deus face a face* visivelmente é uma metáfora,
o invisível nada no sangue
                                        e fisga o olho,
como a luz invisível num corpo transluz.

É o amor, é claro,
o incontrastável amor,
como tal invisível e versadíssimo pelos poetas
– mas ele não quer repetir,
não quer imitar,
daí que ponha em amor
a bondade da manhã e da tarde a beleza
com a verdade absurda da noite que vira dia.

...

Este poema, que imagino que escrevesse,
ninguém leu
                                ninguém viu;
mesmo assim, imagino-o debruçado na janela
despedindo-se da aragem
                                        o rosto em paz,
transluzindo a certeza das obras acabadas.

A caneta...

ANTIODE

Eu bem que imitaria Horácio
odeio a malta mundaníssima
e me isolo
mas é sexta-feira santa,
e não é dia de odiar, é outro dia.

Quando acabar, aí sim, gulosamente,
retomo o ódio aqui da véspera e até o redobro
para compensar o jejum da sexta;
– mas enquanto durar a sexta
e eu puxar uns passos de cruz preguiçosamente pela memória
vou me abster, ah vou, ou pelo menos eu vou tentar
porque é dia de peixe, e peixe é bem mais salivante.

É dia de vinho também, "Tomai!", sobretudo de vinho branco
que... – bem, além de casar com peixe não faz lembrar a sangueira
[toda
e desata gostosamente
o olho que olha o espinho
a mão que maneja o espinho
a goela que esgoela o espinho
e a memória já preguiçosa, que não ata o espinho com outro.

Sexta santa.
Dizem que antigamente os restaurantes estavam fechados.
As cidades fechadas.
Fechada toda a gente
recolhida a uns corações que pulsavam pregos para três dias.
Agora não dizem nada
(mas a sexta ainda é santa)
agora não há saída
pois tudo são restaurantes, cidades, gente que nunca fecha
e não colhe nos corações o que só com pregos é recolhido.

Sexta-feira santa.
Leio que Horácio (seria sexta?) inventou poemas ineditíssimos
e ficou orgulhoso,
e olhos pensos da espada que descabeça a inhos e ões
resolve ficar em casa
resolve que não sai mais
a sós consigo e uns espectros marteladores de flavo bronze.

Enfim.

Solidão convém com esta sexta.

Mas louro à roda das têmporas, odes de Horácio, ódio
orgulho que mal afogo num sangue longe de sexta
ora
            convêm
convencem
quando ficar em casa é como morar em um restaurante?

O sino bateu as vésperas – é o fim da sexta, aleluia;
em casa mas muito longe estamos bem medicados
ninguém espera domingo nenhum
enquanto o vinho não seca, o peixe não fede e a luz não se apaga.

O ESTREITÍSSIMO EXERCÍCIO

ANTE O LENHO TOSCO

Delicadamente, elíptica verdade,
punge que te elidas sob a vela que arde.
Este miocárdio, incardinado em ti,
bate em contratempo, e não te encontra ali.
Olho, palpo, mordo – nada, não te tenho;
se entras pelo ouvido, qual o escuro senho?
"Cruz" alguém me sopra, eu viro, não há ninguém;
crua algaravia que este sopro tem!
Penso do madeiro um corpo esteve: Deus?
Desse lenho tosco pendo agora eu
tanto, que o intelecto não radia luz
vinda de outro facho que um ocaso em cruz.
É; mas anoitece; e, à noite sem limite,
coalha-me o intelecto, grassa e, qual grafite
caliginosíssimo, engordura a tábua
em que o fogo lera dez palavras d'água.
Ah, mas quem lavara a borra de gordura,
para que o intelecto cogitasse a pura
ciência de dois braços tesos e cravados
voando como voam os mochos degolados;
piando como os mochos, sangue pelas penas,
pelo brejo denso em almas e açucenas;
sendo augúrio certo, dentre a imensa treva,
do que a vida traz e a morte já não leva...
Sim; agora creio, lenho tosco fixo
sob a vela fosca, agora creio: o visco
de intelecto e tábua logo vai ceder à
chuva que regou um dia esta madeira, e
logo a minha língua, antes amarela,
vai, vermelha trompa, entoar-te na janela.

O SEU E O MEU ESPINHO, O SEU E O MEU TROPEÇO

Depois disso e daquilo, eu já subia
um morro que não via no caminho,
atento a meu espinho predileto
que em dobra do intelecto me espinhava
como se em carne; e dava cada passo
à espera de algum laço na espessura,
sabendo que essa impura expectação
era terror de não saber... Mas como
saber alguém o pomo antes que a árvore
desde a raiz o lavre com minério
até raiar, etéreo, dentre os galhos?
Subir não tem atalhos, e tropeços
são tantos recomeços "Sim, agora
sim, vou!".
                                        Como uma câmara repleta
e poenta desinfeta-se tão-só
se se lhe tira o pó e as tralhas juntas,
tiro-me as minhas muitas (tralhas íntimas),
arranco-me as cortinas e o retrato,
e a voz, o cheiro, o tacto e o gosto de antes
vão de roldão; e diamantes pela boca
e a mão tão limpa e a fosca inteligência
do olfato e uma cadência que ressuma
as formas que, uma a uma, tem meu rosto;
e um busto justaposto a um lago verde
de líquenes se perde pelas eras
e irrompe entre as esferas e constela-se;
dura um momento; e a tela eis se desmancha
e desmorono e a mancha não tem fundo
e é tudo um poço e é tudo meio egípcio
e mau; ah, o exercício não atina
com a estreita disciplina se o não fixa
o cravo que transfixa, se uma palma
o não ampara e acalma, se não venta
enquanto sua e aventa o que virá...

É isto! Tudo está no *não*, "Não capto",
"Não tenho", "Não me basto", "Não vou só"!
E, pobre de dar dó, livre das peias
do corpo, das ideias, da memória
até, uma outra história então se imprime
que mata e me redime: alguém tropeça,
espinhos na cabeça, e cai três vezes
e, suma dos reveses, sangra e vaza
até que seca e atrasa a chuva a cântaros;
depois, dilúvio; e as âncoras do corpo se

levantam, sopra um sopro, e simplesmente
o barco... – quando alguém de branco (um homem?)
"Ei, vem pescar", e some.
                                                                                Eu me demoro

e falo e já peroro e o peixe esqueço:
é mais um meu tropeço, eu sei, é rima
que sobra e não se lima e manca à beça.

A CIÊNCIA DA CARNE

Primeiro, a estrela, o homem que se avia,
bornal nem nada, na desnuda ideia
atrás daquele pulso;
e, de repente, alegra-o a alegria
de algum que nasce e "Olha, a lua cheia
e as órbitas em curso
dos mais planetas lúcidos
que arrearam, se puderam";
como não podem, berram
a muda música que faz o músico.

Mas a ciência da carne só começa
depois da música lunar, depois
da ideia mesma, um vento
imperceptível. A carne, aí, não cessa
de calcular o quanto já depôs
das tralhas que tem dentro
– a fim de que, mais leve
depois de rarefeita,
flutue à estrada estreita,
e estale o puro fogo que não ferve.

E ela começa: é uma pobríssima leveza
e a lágrima mais limpa e mais doída
– mas nunca, nunca triste;
e tanta incompreensível gentileza
no coração concorde, quanta é a vida
que exala, esborda, existe;
e um céu de sal marinho
e a lâmpada do corpo
e um olho todo torvo
agora exato; há vozes no caminho.

Vozes que vêm das aves e que contam
de lírios de vestido branco e a seda
que nenhum bicho fia;
e do casulo e a derradeira onda
que afoga a larva, se é que a borboleta
não nasça antes do dia;
e do terrível verso
em que se versará
o que versado está;
– e o homem, que faz versos, fica tenso.

Tenso com pérolas e javalis
que pisoteiam e estraçalham, quando,

ou bem da chuva ou bem
do sol, conclui – aquilo que mais quis,
porque buscou, e perquiriu um tanto,
é tanto quanto tem;
e, meditando a lua
e a face sob a estrela,
"Ali; ali a coisa bela
que não se entrega, apenas se insinua".

Porque a ciência da carne é um exercício,
enfim arranca o homem seus abrolhos
para que o figo brote;
e é douto e tão metódico o suplício
de que lhe escorrem uvas dos escolhos,
que não há chaga ou corte
sangrando sem doutrina;
e a música das órbitas
circularmente tórridas
tão muda sempre, tanto, e não termina.

IMITATIO CHRISTI

Tanto o pensamento em sonho transmudei, a-
-pós fechar os olhos diante da candeia,
que não sei se sonho, ou já se raciocino,
repicar um sino; e,
como se falasse, cada repicada
soa, trona, toa a
metalina loa à
morte que era tudo, vida que era nada.

Tudo ali; tão lúcido; entre as oliveiras
(de limão na mão, "Tão puro!", quando o cheira)
alguém medita um copo, é estranho, se é que bebe,
se é que não, não bebe;
pega-o; escrutina consistência e aspecto
do seu conteúdo;
"É tão mau?"; e tudo
toma e mói o copo dentro do intelecto.

Segue-se o chicote a destrinçar-lhe o lombo
como se destrinça o mais abstruso tomo;
fere, fende e fura; e ele, quieto embora,
certo que estertora,
pois quarenta lanhos, flap, são tantas teses
quantas o chicote
explica, e ele se dói de
uma tese mais que de mil lanhos desses.

Na masmorra agora; há dois soldados; um
mete-lhe na testa como um cardo ou um
cacto; e, como com o chicote, o raciocínio
dói-lhe mais que o espinho – e,
coroando a espinhosíssima premissa, "Ah,
conclusão ingrata,
morte que só mata,
vida apenas viva"; e range a dobradiça.

Sobe, vai subindo o monte das caveiras,
tosco lenho ao lombo, quando, pela beira
do último riacho, a boca seca e a vista
de repente pisca e
some; e essa subida é tão irrevogável,
que um desmaio triplo
não refuta o pico,
e ele não hesita mais entre alma e carne.

Sim, é tudo ali, na cruz; se um osso racha,
não há raciocínio frio que não reaja
com as terminações nervosas em alvoroço;
quando é mais que um osso,
"Pai, por que me abandonaste", e racha o espírito, o
corpo vira a página
todo em uma lágrima, e
"Pai, perdoa-os, pai"; e tudo fica dito.

POSFÁCIO **Um Inventário de Coisas Invencíveis: *Aqui, Ali, Além* de Érico Nogueira**

Num dos seus ensaios sobre temas gregos, o poeta Seféris recorda uma história acerca de um pintor grego de arte naïf, Theophilos Hatzimihail, conhecido simplesmente como Teophilos, que, tendo tido um começo de pintor pobre, um dia aceitou pintar um padeiro trabalhando no forno da sua padaria. O tema à partida não é elevado e a perspectiva dessa pintura parece defeituosa. Um transeunte sabichão, vendo-o pintar, goza com Teophilos, dizendo-lhe para ter cuidado, que o pão parece ir cair do quadro por causa daquela maneira em que fora pintado. Teophilos responde ao transeunte que não se preocupe, que só os pães reais caem, o importante num quadro é que mostre tudo.

Algo em *Aqui, Ali, Além* de Érico Nogueira, continuará a resistir a quase todas as interpretações que se lhe atirem, mas talvez a mais elementar linha de leitura que poderia enquadrar este livro seja uma que dissesse que o poema que está no centro formal do livro (que não é o mesmo que o seu centro emotivo) é o que tem por título "A Teoria do Poema", que de alguma forma relê os poemas da primeira parte que se preocupam com as andanças de um poeta por cidades, urbanas e rurais, convocando outros tantos tempos da história da literatura (que vão de Juvenal em Roma, a Camões, Coleridge e Eliot, abarcando um espectro de referências que contém quase todos os momentos principais de uma cronologia canónica da literatura), e que assim se junta a um corpo de poemas dentro do livro cujas preocupações se parecem circunscrever à ordem da poética, mas é um poema que torna claro que o problema não é tanto o que é um poema e o seu correlato, para que serve, nem para que serve um poeta, como seria de esperar numa teoria do poema, mas antes que por estas perguntas nos chegam outras, mais relevantes, para que serve viver e como viver – e Érico Nogueira pertence àquele tipo de poetas para quem a poesia é um modo de vida.

Aqui, Ali, Além é um livro que irrequietamente, com grande sentido de humor às vezes, põe guerra aos modos em que por vezes existimos e que não questionamos (desde o começo este livro é interrogação), tornando-se uma forma necessária de resistência e desobediência. Se a poesia não for para isso, não é para nada, é o que nos lembra este livro. No que tem de biográfico o livro pende para o ensaístico. A tradição que ele prolonga nesse sentido é a de Santo Agostinho, Montaigne, Rousseau. Na verdade, uma bem viva tradição cultural brasileira, que é devedora de andar na rua e do mundo rural, tanto quanto da tradição poética do Brasil, gera uma das tensões mais produtivas do livro, que de resto está presente noutras obras do autor, entre uma cultura erudita e muito europeia e essa cultura muitas vezes oral e ágrafa. As duas misturam-se com uma vitalidade contagiante, que serve para lembrar que não há destrinça entre vida e arte. De um modo que é transversal a toda a obra de Érico Nogueira, este é talvez uma das marcas mais singulares do trabalho que ele vem desenvolvendo, das coisas que são mais suas na sua arte poética. Érico sabe de cor Juvenal e parte do seu projecto pode ser, como de resto o seu narrador declara a certo ponto no livro, actualizar Virgílio e Camões para o século XXI, mas deste lado do Atlântico, nós reconheceríamos nele a ruralidade urbana de um cantor como António Variações, um desses agitadores que amam a renovação que vem do acto de reescrever, de reinventar, porque ela é necessária como o pão, e querem mudar a velhice do mundo a partir de dentro.

O que um poema como "A Teoria do Poema" expõe, então, é que há uma parte da existência que cai na mais profunda escuridão e definha sem essa "imagem mental da tocha do poema, / da lava mesma como possibilidade da tocha / e do fósforo descartável ante o cigarro da palavra"; sem isso "fraquejamos / não cremos, / – são os maus poemas que trazemos nos pulmões". Neste sentido, a tradição em que *Aqui, Ali, Além* se inscreve é também uma das tradições mais bizarras da literatura mundial recente, a do surrealismo objectivo de Herberto Helder, uma tradição que se ocupa de traduzir de forma muito literal o lado surreal da realidade em que vivemos (a lua de São Paulo, lemos na parte 7 de "Sete Salmos Debaixo do Chão", é em geral "um satélite russo") e encontra um eco da sua ética naqueles versos de Herberto em que se diz: "Li algures que os gregos antigos não escreviam necrológios / quando alguém morria perguntavam apenas / tinha paixão? / quando alguém morre também eu quero saber da qualidade da sua paixão".

Que um poema verdadeiramente é um objecto que pode sonhar tudo "ao lado das ruínas", "triste, misterioso, como as águas e os desertos" (há aqui um eco de Borges), é talvez a mais apropriada teoria que a prática deste livro demonstra. "A Teoria do Poema" torna-se assim então não uma explicação da poesia, ou do que ela é para o sujeito que tenta essa explicação (seria de resto de desconfiar de um exercício puramente teórico que convocasse "a alegria irreprimível de inalar um sumo de sol / nas folhas do limoeiro") – mas uma demonstração prática, em palavras, da poesia como modo de viver, uma arte de vida, para a vida. Deste modo, as preocupações de um poeta acerca da sua arte que surgem noutros poemas existem neste segundo plano, enquanto interrogações acerca de como viver.

A outra linha de força que este livro desenrola é uma que é da ordem do falso problema de perspectiva do pintor Teophilos:

Pág. 141

Aqui, Ali, Além de alguma forma é um livro que procura abarcar um todo, no sentido em que tenta recuperar uma elevação que o lado mais picaresco – com o qual o narrador de resto mantém uma relação ambivalente (o picaresco puxa para baixo, mas desafia a inteligência a ir um pouco mais além) – das nossas vidas parece negar: em "Sete Salmos Debaixo do Chão" lê-se "a chave é o bom humor," mas *Aqui, Ali, Além* tem qualquer coisa da estrutura de uma peregrinação. Se este é um livro que vai em busca, dado a ambulações, o que ele procura é um sentido para os tipos de corrupção e absurdo que são descritos em "Se Pôde Juvenal, Eu Também Posso" e "O Charme da Vida Contemporânea", e talvez seja nestas partes que o livro mais decisivamente dialoga com a contemporaneidade, debaixo de uma provocação emprestada da sátira romana e de formas que misturam o discurso de anúncios de jornal, a impaciência perante poéticas e fotografias, e as pequenas e preciosas revelações – um desses poemas que nos recordam que a poesia é por vezes um lugar de infinito cuidado (*cura* como diriam os Romanos de Érico Nogueira) – que existem em atentar no olhar dos filhos. *Aqui, Ali, Além* toca em quase tudo o que nos fere e em quase tudo o que nos salva.

É talvez nesta multiplicidade (que é da ordem da de Proteu, mas também com qualquer coisa da mente colorida de Ulisses) que o livro confunde disciplinas e géneros (teologia, filosofia, poesia, ensaio, teatro, poesia) e se torna verdadeiramente inesperado. Enquanto inventário de descontentamentos da vida moderna, este livro correria o risco de ser não poesia mas retórica, e há de facto qualquer coisa nele que captura agudamente o lado reacionário que tem definido o nosso quotidiano (veja-se a este propósito a impaciência e a desilusão evocadas nos poemas de abertura do livro, deixadas em forma de queixa e diálogo com o divino, na esteira de Santo Agostinho, mas também em "Se Pôde Juvenal, Eu Também Posso"). Mas aquilo que verdadeiramente é poesia é uma forma de ultrapassagem que não pode nem julgar-se acima da realidade (diz o autor em entrevista recente, referindo-se ao modo como a sua poesia busca unir diferentes tempos, que nada do que é humano lhe é alheio, mas é também neste sentido que o real se inscreve na poética de Érico Nogueira), nem negar-se a ela, apenas convertê-la numa forma de ver o mundo que oferece uma certa perspectiva sobre o mundo que é transporte e o transfigura, que propõe uma forma de entender, o que se liga ao tal além que neste livro vem inscrito no título. Sem este além não estamos exactamente vivos.

Num dos meus poemas preferidos, "A Caneta *Dele*", o narrador imagina um ele que nunca é nomeado, e explora algo que está em falta, que é de facto também uma coisa invisível, como outras que são coligidas nesta parte do livro, um poema que nunca ninguém leu, que esse outro poeta teria escrito à caneta, cujo objecto se reconstitui: "É o amor, é claro, / o incontrastável amor, / como tal invisível e versadíssimo pelos poetas / – mas ele não quer repetir, / não quer imitar, / daí que ponha em amor / a bondade da manhã e da tarde a beleza / com a verdade absurda da noite que vira dia". Como se verá, este poema conversa com o poema final, ambos se inscrevem na ordem da epifania. Isso ajuda a explicar por que é que é uma grande alegria ler este livro de Érico Nogueira.

Tatiana Faia
Oxford, Julho e Agosto de 2020